François le débrouillard

Christine Nöstlinger

François le débrouillard

traduit de l'allemand
par Geneviève Granier

Illustrations d'Erhard Dietl

Mouche de poche
l'école des loisirs
11, rue de Sèvres, Paris 6e

Christine Nöstlinger, née à Vienne en 1936, mariée, deux enfants, a fait des études de dessin. Elle a travaillé pour la radio en Autriche et a publié en 1970 son premier livre pour enfants, suivi de beaucoup d'autres, qui lui ont valu de nombreux prix.

Titre de l'édition originale: « Geschichten vom Franz »
Loi n° 49.956 du 16 juillet 1949 sur les publications
destinées à la jeunesse : mars 1988
Dépôt légal : octobre 1992
Imprimé en France par Aubin Imprimeurs à Poitiers

François trouve la solution

François va avoir six ans, mais comme il est très petit, beaucoup de gens ne s'en aperçoivent pas. Ils lui donnent à peine quatre ans et ils ne veulent pas croire non plus que c'est un garçon.

« Bonjour ma petite fille », dit la marchande de légumes quand François lui achète une pomme.

« Attends, voilà ta monnaie, fillette », dit l'homme du kiosque quand François va chercher le journal.

Tout cela parce que François a de belles boucles blondes, des yeux bleus comme des bleuets, une bouche rouge cerise et des joues rebondies toutes roses. C'est comme ça que la plupart des gens se représentent une jolie petite fille.

Quand il était enfant, le père de François ressemblait lui aussi à une petite fille. Maintenant, il est devenu grand, gros, il porte une barbe et personne ne le confond avec une dame.

Souvent, papa montre à François de très vieilles photos et lui dit : « Celui-là, là, qui ressemble à une fille, eh bien, c'est moi ! » Puis il lui montre des photos un peu moins vieilles et ajoute : « Et ça, c'est moi quelques années plus tard. Tu vois, on ne me prend plus pour une fille ! Pour toi, ce sera pareil ! »

Pour François, c'est une consolation, mais il n'est pourtant pas content de ressembler à une fille, parce que souvent les garçons ne veulent pas jouer avec lui.

Quand François arrive au parc, au terrain de jeux ou qu'il veut être gardien de but au foot, les garçons s'écrient : « Fiche le camp ! Nous ne voulons pas de filles dans notre équipe ! »

Et quand François leur jure qu'il n'est pas une fille, ils lui rient au nez et refusent de le croire. Ils lui disent :

« Arrête de mentir ! On le remarque rien qu'à ta voix ! Il n'y a qu'une fille pour avoir une voix si pointue ! »

En fait, François n'a pas une si petite voix, sauf quand il est très énervé ; et il est très énervé quand les autres le prennent pour une fille et lui interdisent de jouer avec eux.

Une fois – un dimanche – François regardait par la fenêtre de la cuisine. Il a aperçu en bas dans la cour un garçon qu'il n'avait encore jamais vu, un garçon tout à fait inconnu qui traînait en sifflant et en donnant des

coups de pied dans une boîte de conserve qui filait devant lui. Le garçon courait derrière elle et lui redonnait un coup de pied.

« Dis maman, tu connais ce garçon, en bas ? » a demandé François.

Maman s'est approchée de la fenêtre de la cuisine et a regardé à son tour. « Ce doit être le neveu de Mme Berger. Il est certainement venu lui rendre visite avec sa mère et il devait s'ennuyer dans l'appartement. »

Ça, François le comprend très bien ; quand il est en visite chez sa tante, il s'ennuie toujours lui aussi.

François a fourré quatre billes, trois chewing-gums, deux grenouilles en fer-blanc qui font « tac-tac » quand on leur appuie sur le ventre et un mouchoir en papier dans ses poches et a dit à sa mère : « Je descends dans la cour ! »

Elle a trouvé l'idée excellente, mais a dit :

« Sois bien sage ! Les Berger, c'est du beau monde ! »

François n'avait aucune idée de ce que peut bien être « le monde » et il savait encore moins ce que c'est que « du beau monde ». Mais comme il était pressé, il n'a pas demandé le sens de ces mots étranges.

Avant de sortir dans la cour, François est allé chercher sa bicyclette à la cave : une bicyclette presque neuve, rouge vif, avec, en guise de klaxon, une grosse trompe en caoutchouc accrochée au guidon. François, très fier de sa bicyclette, pensait : « Il va en faire une tête, le garçon ! Il n'a sûrement encore jamais vu un aussi beau vélo ! »

François a sorti sa bicyclette dans la cour, il l'a enfourchée et s'est mis à décrire de grands cercles autour du garçon en cornant de toutes ses forces.

Le garçon s'est arrêté de siffler et a crié : « Hé, toi ! Comment t'appelles-tu ? »

François a freiné et est descendu de son vélo. « Je m'appelle François ! »

Le garçon s'est mis à rire. « Une fille ne peut pas s'appeler François ! »

« Ça c'est sûr », a dit François, « mais je n'en suis pas une ! »

Sa voix était devenue un peu aiguë. Il sentait bien qu'il était au bord des

larmes. Le garçon le regardait d'un air incrédule.

«Je suis un garçon! Parole d'honneur! C'est vrai, je t'assure!» a dit François.

«J'te crois pas!» Le garçon secouait la tête.

A ce moment précis, la porte de la cour s'est ouverte et Gaby est apparue, un seau à ordures à la main. Elle s'est dirigée vers la grande poubelle et y a vidé son seau.

Gaby est l'amie de François et en outre elle est sa voisine. D'habitude, elle s'entend bien avec lui, mais ce jour-là, elle ne le regardait même pas. La veille, ils s'étaient disputés et François lui avait même marché sur les orteils et craché à la figure. Tout cela parce qu'elle avait gagné cinq fois de suite au jeu de l'oie.

Le garçon a fait signe à Gaby : « Dis, viens voir un peu par ici ! »

Gaby a posé le seau à ordures vide et s'est approchée.

« Qu'est-ce que tu veux ? » a-t-elle demandé en évitant toujours de regarder François.

Le garçon a montré François du doigt. « Celle-là, là : elle dit qu'elle est un garçon. C'est vrai, ça ? »

Alors enfin Gaby a daigné regarder François, mais c'était un regard qui ne disait rien de bon. Puis Gaby a souri, mais d'un sourire qui ne valait pas mieux ; et elle a dit : « Comment ça ? Tu parles ! C'est Françoise ! Elle déraille : elle dit toujours qu'elle est un garçon ! »

Puis Gaby a tourné les talons et, le seau à ordures vide à la main, elle s'est enfuie en gloussant.

« Charogne ! » lui a crié François. « Espèce de chameau ! » Il était tellement énervé que sa voix était devenue très, très aiguë.

« Peuh ! » a dit le garçon. « Ce n'est

pas bien de dire des gros mots ! Surtout quand on est une fille ! »

« Elle ment ! » a couiné François. « Elle a menti parce qu'hier nous nous sommes disputés ! Par vengeance ! »

Le garçon de nouveau a secoué la tête en se martelant le front de son index.

« Il faut me croire ! » a piaillé François.

Le garçon a mis ses mains dans ses poches, a soupiré et a tourné le dos en murmurant : « Tu es vraiment trop bête. »

François a serré les poings et les a brandis comme un boxeur. Il écumait de rage.

« Je vais t'aplatir comme une crêpe,

si tu ne veux pas me croire», a-t-il dit de sa voix suraiguë.

Sans même se retourner, le garçon a répondu: «Je ne me bats jamais avec les filles.»

François a laissé retomber ses poings. Il se sentait abandonné. Il en aurait pleuré. Les larmes lui sont même venues aux yeux: deux ont roulé sur ses joues rebondies et toutes roses.

Le garçon s'est retourné: «Ah! là là! Pourquoi faut-il que vous chialiez toujours, les filles!»

Alors François n'a pas trouvé d'autre solution que de déboutonner sa culotte et de la baisser. Il a baissé aussi son slip jusqu'aux genoux.

« Tiens, regarde ! » a-t-il rugi, et sa voix n'était alors plus aiguë du tout. « Est-ce que tu me crois maintenant ? »

Le garçon fixait le zizi de François, essayant de dire quelque chose mais sans y parvenir.

Sur ces entrefaites, Mme Berger est

sortie en courant de la maison et a foncé, tel l'éclair, sur François : « Espèce de petit dégoûtant ! Tu n'as pas honte ? »

Elle a remonté le slip et la culotte de François, l'a saisi par la peau du cou et, l'entraînant dans l'immeuble, elle lui a fait grimper de force l'escalier jusque chez lui et a appuyé sur la sonnette.

Lorsque la maman de François a ouvert, Mme Berger lui a aboyé au nez : « Ne laissez plus votre petit dégoûtant descendre dans la cour. Il va pervertir tous les enfants bien élevés du quartier ! »

Elle a alors lâché François et le pauvre François est allé trébucher

dans l'entrée. Puis Mme Berger s'en est retournée en continuant à rouspéter.

Depuis ce jour, Mme Berger ignore François. Jamais, quand il lui dit poliment bonjour, elle ne lui répond.

Comme François s'en plaignait auprès de sa mère, celle-ci lui a dit : « C'est normal, François ! Je te l'avais dit, que les Berger, c'est du beau monde ! »

A présent, François comprend ce que signifie cette expression étrange. Il pense : « Le beau monde, c'est les gens qui ne supportent pas qu'on leur montre la vérité toute nue. »

François se perd

François a un frère qui a le double de son âge : Joseph.

Joseph est grand, fort, il a les cheveux ébouriffés, les oreilles en feuilles de chou. Il chausse du quarante et a des mains grandes comme des raquettes de tennis. Jamais personne ne l'a pris pour une fille ! François aime Joseph. Il l'aime même énormément. Quand quelqu'un lui demande : « Quelle est la personne que tu aimes le plus au monde ? » François répond :

«Joseph.» Ensuite, seulement, viennent maman, papa et grand-mère.

Mais quand Joseph énumère les gens qu'il préfère, il ne cite jamais François. D'ailleurs, il ne l'appelle pas François, mais toujours «le nain», «l'idiot» ou «l'imbécile» et ça rend François très triste.

Un jour, François est tombé malade. Il avait mal au ventre et les genoux qui tremblaient. Il ne pouvait pas aller au jardin d'enfants. Maman a pris huit jours de congé pour le garder.

Elle lui a préparé un bon potage, lui a raconté des histoires. Elle devait le conduire au moins dix fois par jour aux cabinets parce que les genoux de François tremblaient si fort qu'il pouvait à peine marcher.

Au bout d'une semaine, le ventre de François était guéri, seules ses jambes étaient encore branlantes.

« François, demain je dois retourner au bureau », a dit maman. « Je ne peux pas prolonger mon congé ! »

« Alors, demain j'irai à l'école », a dit François.

« Tu es encore trop faible pour cela », a dit maman.

« Mais je ne veux pas rester tout seul », a dit François.

« Demain, Joseph n'a pas école », a dit maman, « c'est lui qui te gardera ! »

François était tout content et pressé d'être au lendemain. Joseph, lui, était très mécontent de devoir garder François un jour où il n'avait pas école.

Il râlait : « Imbécile, à cause de toi, je ne peux pas aller faire du patin à glace ! » Il n'a pas fait réchauffer de potage à François, il ne lui a même pas fait de thé.

Il a dit simplement : « Mets-toi au lit, espèce de nain ! »

François a protesté : « Maman n'a pas dit que je devais rester au lit ! »

« Fais ce que tu veux, idiot », a dit Joseph, « mais fiche-moi la paix ! »

François s'est écrié : « Maman n'a pas dit que je devais te ficher la paix ! »

Alors, Joseph a couru s'enfermer dans sa chambre en claquant la porte derrière lui. François est allé la rouvrir mais Joseph lui a lancé une chaussure à la tête. Tout triste, François est retourné dans la sienne, de chambre, et il a sorti ses cubes et s'est mis à construire une maison – une maison avec quatre chambres – en pleurnichant.

Lorsque la maison a été terminée, coup de sonnette ! François a couru ouvrir.

Otto, l'ami de Joseph, attendait derrière la porte. Il avait des patins à glace sur l'épaule et a dit : « Je viens chercher Joseph pour aller patiner ! »

« Joseph doit me garder », a dit François.

Otto a rejoint Joseph dans sa chambre. Joseph était allongé sur son lit, contemplant le plafond.

« Tu ne peux vraiment pas sortir ? » a demandé Otto.

Joseph a désigné François. « Non. Cet imbécile ne peut pas rester tout seul. Il a peur, le nain ! »

« Confie-le à une voisine », a dit Otto.

Joseph a expliqué que toutes les voisines étaient au travail.

« Alors, emmène-le faire du patin avec nous. »

Joseph a réfléchi un instant puis a fait signe à François en disant : « D'accord ! Habille-toi, mais chaudement !… »

François n'a fait qu'un bond. Joseph ne l'avait encore jamais emmené patiner. Il ne l'avait d'ailleurs jamais emmené nulle part.

François a enfilé deux pulls et son anorak. Il a mis son bonnet rouge et a jeté ses patins à glace sur son épaule. Puis il a suivi Joseph et Otto jusqu'à l'arrêt du tram. Il transpirait. Il ne faisait pas encore assez froid pour qu'on supporte deux pulls et un anorak !

Ils n'ont pas eu longtemps à attendre. Le tramway est arrivé presque aussitôt. Il était bondé. La foule a séparé François de Joseph. Le sac d'un monsieur lui rentrait dans le ventre.

François a eu soudain un petit peu mal au cœur et ses genoux se sont remis à trembler. S'il a réussi à se maintenir debout, c'est seulement parce qu'il n'y avait pas assez de place dans le tram pour tomber dans les pommes ! Puis, le tramway s'est arrêté à une station et autour de François des gens s'écriaient : « Laissez descendre ! Place, place ! » Ils distribuaient de grands coups à la ronde pour atteindre la porte et François s'est trouvé entraîné à leur suite. Il a perdu son bonnet et comme il se penchait pour le ramasser, il a reçu un coup violent qui l'a projeté en avant vers la porte, sur le marchepied. Et il s'est retrouvé brusquement dehors ! Les portières ont claqué et le tramway a redémarré.

Une dame a attrapé François par le bras et l'a tiré sur le trottoir en disant : « Il faut faire attention, ma petite fille ! Tu vas te faire écraser ! » Puis elle a passé son chemin.

François s'est appuyé contre le panneau d'arrêt du tram. Il pensait : « Joseph va bien remarquer que ces abrutis m'ont jeté dehors. Au prochain arrêt, il va descendre et venir me chercher ! »

François a attendu longtemps à l'arrêt du tram. Il suait à grosses gouttes sous les deux pulls et l'anorak. Mais en haut, sans son bonnet, ses oreilles étaient toutes gelées. Alors François s'est dit : « Je vais aller à la rencontre de Joseph ! Je n'ai qu'à suivre les rails du tramway. »

Bientôt, François est arrivé à un autre arrêt du tram. Comme Joseph n'était toujours pas là, il a pensé : « Il n'a sans doute pas remarqué tout de suite que je n'étais plus dans le tram et il sera allé une station plus loin ! »

François a repris sa marche.

Il est arrivé à un carrefour. Lorsque

le feu est passé au vert pour les piétons, il a traversé la rue. Mais comme il se dépêchait, il n'a pas remarqué qu'au beau milieu du carrefour il y avait un aiguillage et que des rails partaient dans une autre direction. François a pris la mauvaise direction. Les rails qu'il suivait appartenaient à une autre ligne de tram. Il les a suivis jusqu'au bout et s'est retrouvé sur une petite place avec un kiosque au milieu, un de ceux où l'on peut acheter des saucisses et du Coca-Cola. Dans le kiosque il y avait un monsieur. François s'est avancé et a demandé : « Pourquoi les rails s'arrêtent-ils ici ? »

« Parce que c'est le terminus », a dit l'homme du kiosque.

«Et où se trouve la patinoire, s'il vous plaît?»

«Il n'y a pas de patinoire dans le quartier», a dit l'homme du kiosque. Alors François a fondu en larmes. Il sanglotait si fort qu'il ne pouvait plus parler, ni d'une voix normale, ni de sa petite voix suraiguë. L'homme s'est penché hors du kiosque: «Allons, ne pleure pas, petit bonhomme. Explique-moi ce qui t'arrive, autrement je ne peux pas t'aider ! »

François s'est arrêté de pleurer. Oh ! certes, il était encore bien désespéré, mais l'homme du kiosque l'avait appelé : « *Mon bonhomme.* » Quelqu'un, enfin, qui ne le prenait pas pour une fille ! François pouvait lui faire confiance... Il lui a raconté sa mésaventure.

« Sais-tu au moins où tu habites ? » a demandé l'homme du kiosque.

« Je ne suis plus un bébé ! » s'est écrié François. « Bien sûr que je le sais ! J'habite quatre, impasse du Lièvre, deuxième étage, porte douze ! »

« Quelle coïncidence ! » s'est exclamé l'homme du kiosque. «J'habite moi-même place du Marché-de-l'Oie. C'est juste à l'angle de l'impasse du Lièvre.»

Et l'homme a ajouté que, de toute façon, il faisait bien trop froid, que personne ne viendrait acheter de Coca ni de saucisses, et que de rester dans son kiosque un jour pareil ne l'amusait vraiment pas.

«J'en ai assez pour aujourd'hui», a-t-il conclu, «je ferme boutique. Je rentre à la maison et je te dépose chez toi. Je n'aurai même pas de crochet à faire.»

François était très soulagé.

L'homme du kiosque a rangé les bouteilles de Coca-Cola et les saucisses dans le réfrigérateur, il a éteint son radiateur électrique, il a enfilé son manteau et fermé les volets du kiosque.

« A cause des cambrioleurs et des voleurs de saucisses », a-t-il commenté.

Au moment où il fermait la porte du kiosque, une dame est arrivée en disant : « J'ai besoin de huit bouteilles de bière et de seize saucisses. »

« C'est fermé », a répondu l'homme du kiosque.

« Mais j'ai les maçons à la maison », a gémi la dame, « et le supermarché n'ouvre qu'à quatre heures ! Mes maçons ont besoin de prendre des forces, autrement ils arrêtent de travailler ! »

« Alors, c'est différent ! » a dit l'homme du kiosque et il est rentré dans sa boutique pour chercher de la bière et des saucisses, tout en continuant à parler des maçons avec la dame. Elle avait bien de la chance qu'ils soient venus ! Et combien ça allait lui coûter ? La dame lui a répondu et ils ont encore évoqué mille et une autres choses, ce qui a pris longtemps. Lorsque enfin la dame est repartie, un monsieur est arrivé. Il ne voulait ni saucisse ni bière, simplement bavarder un peu.

François commençait à avoir froid, surtout aux oreilles. Elles étaient violettes et toutes gelées lorsque le monsieur s'est décidé enfin à dire : « Bon, eh bien, salut ! » Et il s'en est allé.

« Il ne nous reste plus qu'à partir, maintenant », a dit l'homme du kiosque. Il a fermé boutique et a emmené

François jusqu'à sa voiture de livraison. Ils se sont installés, l'homme du kiosque au volant et François à l'arrière, mais l'auto ne voulait pas démarrer. Alors l'homme du kiosque est redescendu et a levé le capot. Une bonne demi-heure durant, François n'a vu de l'homme que son gros derrière.

Quand l'homme du kiosque a refermé le capot, ses mains étaient toutes dégoûtantes.

« Encore un petit moment, mon garçon », a-t-il dit, « je vais vite me laver les mains ! »

Il a traversé la place en courant jusqu'à un café et, le temps que la grande aiguille passe du deux sur le sept, il est revenu. Ses mains étaient propres et il sentait la bière.

«Il ne nous reste plus qu'à partir, maintenant», dit-il et il a tourné la clé de contact. Cette fois, la voiture a démarré. Ils ont pris de nombreuses rues que François ne connaissait pas et sont arrivés ensuite dans des rues que François avait l'impression de reconnaître. Enfin, ils ont débouché dans une rue que François connaissait bien.

« On arrive à la maison ! » s'est-il écrié.

« Bientôt, oui », a dit l'homme du kiosque, « mais avant, je dois m'arrêter quelques minutes. Je n'ai plus de moutarde ! »

L'homme a garé sa voiture à un coin de rue, juste devant un panneau d'interdiction de stationner, parce qu'il n'y avait pas d'autre place libre. Il est descendu de voiture et François l'a suivi, pas rassuré : il avait peur qu'un policier ne surgisse pour les gronder à cause de l'interdiction de stationner.

François et l'homme du kiosque ont

pénétré dans un magasin et ont acheté de la moutarde douce et de la forte, des bretzels, des cornichons au vinaigre, des épis de maïs et des petits oignons. A l'aide d'un gros caddie, ils ont rapporté tout ça dans l'auto. Là, les attendait un policier en train de glisser une contravention sous l'essuie-glace.

L'homme du kiosque s'est mis en colère. Il a lancé à l'adresse du policier : « Il faut bien que je me gare quelque part quand je veux acheter de la moutarde ! Et vous, en connaissez-vous, un magasin de moutarde devant lequel il ne soit pas interdit de stationner ? »

L'homme du kiosque a discuté ainsi longuement avec le policier mais il a fini par payer l'amende. La nuit tombait lorsque François et l'homme du kiosque sont remontés en voiture. Ils ont fait halte une fois encore devant un entrepôt de bière et en ont acheté huit caisses ainsi que huit autres de Coca-Cola.

Le temps de charger le tout dans l'auto, il faisait nuit noire. Les lampadaires étaient déjà allumés.

Ils ont tourné encore dans trois ou quatre rues et François s'est retrouvé enfin devant chez lui.

« Merci bien », a-t-il dit en descendant de l'auto.

« De rien, de rien », a dit l'homme du kiosque en reprenant sa route.

François a grimpé son escalier quatre à quatre. La porte de chez lui était ouverte. Sa mère était au fond du couloir, devant chez Mme Berger, mais elle ne l'a pas vu rentrer.

Il l'a entendue qui disait : « Pourvu qu'il ne lui soit rien arrivé ! »

François aurait aimé courir à elle mais il n'en a rien fait, parce que Mme Berger était là aussi, et qu'il la détestait. Alors il s'est glissé sans bruit dans l'appartement. Il pensait : « Papa est sûrement à la maison, c'est lui qui devait aller chercher maman au bureau ! »

François était sur le point d'appeler son papa, quand, jetant un coup d'œil dans la salle à manger, l'étonnement l'a rendu muet. Joseph était assis par terre sur le tapis et pleurait. Il avait de la morve et des larmes plein le visage, les yeux et le nez tout rouges et il sanglotait : « Où est passé mon gentil petit frère ? Je l'ai cherché partout ! Où peut-il être ? »

Le papa de François était à côté de Joseph en pleurs et disait : « Arrête de pleurer ! Si tu avais fait un peu plus attention à lui, il ne serait rien arrivé ! »

Et Joseph sanglotait : « Si François ne revient pas, je veux mourir ! »

« Mais je suis là ! » a dit François. Joseph s'est levé d'un bond et a exécuté sur le tapis une danse de joie d'inspiration indo-eskimo-chinoise. Papa a soulevé François dans les airs et l'a fait tournoyer. Les patins à glace de

François ont glissé de son épaule et ont filé droit sur la lampe de la salle à manger. L'abat-jour a volé en éclats. Ni papa, ni Joseph, ni François n'y ont fait attention. Lorsque maman est revenue dans la salle à manger, elle ne s'est pas souciée non plus de l'abat-jour en miettes. Pourtant, c'était celui qu'elle préférait.

Depuis ce jour-là, François n'est plus triste quand Joseph le traite de nain, d'idiot ou d'imbécile. Ça ne le gêne plus. Maintenant, il sait qu'en vérité Joseph ne peut pas vivre sans lui.

François fait une surprise à sa mère

François aime bien aller à la maternelle. A l'idée de devoir passer un jour à la grande école, il devient tout triste. Non parce qu'il a peur, mais parce qu'il ne verra plus alors Mlle Liesi.

François aime beaucoup Mlle Liesi. Elle a une très belle voix et elle est aussi très belle. Elle raconte les histoires encore mieux que la maman de François et elle est aussi plus forte qu'elle en gymnastique.

Quand François marche sur les mains, maman dit toujours : « Arrête ! Tu vas te briser les reins ! »

Mlle Liesi, au contraire, s'écrie avec enthousiasme : « Bravo ! Tu seras bientôt champion du monde ! »

Et quand François a oublié son goûter, Mlle Liesi lui offre la moitié du sien.

Il n'y a qu'en travaux manuels que François et Mlle Liesi ne s'entendent plus. A la maternelle, François doit toujours fabriquer des choses vraiment ennuyeuses. Des animaux en marrons, des étoiles en papier brillant, des colliers de perles en argile, des bateaux en coquilles de noix et des pots de fleurs en pots de yaourt.

Quand Mlle Liesi annonce : « Maintenant, nous allons passer aux travaux manuels », François pousse un gros soupir et fait la grimace. Dans ces cas-là seulement, il aimerait déjà être à la grande école.

Il se dit : « Là-bas, ils ne font pas tous ces trucs pour bébés. Là-bas, ils construisent des planeurs et des chateaux forts ! »

Un jour, Mlle Liesi a dit : « Mes enfants, c'est bientôt la fête des Mères ! Nous allons fabriquer de beaux cadeaux pour vos mamans ! »

« Quoi donc ? » ont demandé les enfants.

« Un marque-page. »

« Qu'est-ce que c'est ? » a demandé François.

Mlle Liesi lui a montré un morceau de carton, longue bande verte avec des cœurs rouges en gommettes collés dessus. A un bout, il y avait des franges en laine.

« Un marque-page, c'est ça », a dit Mlle Liesi.

Le morceau de carton ne plaisait pas tellement à François. « Qu'est-ce qu'on en fait ? » a-t-il demandé.

« On le met dans un livre », a expliqué Mlle Liesi, « à l'endroit où on s'est arrêté de lire. Comme ça, le jour suivant, on sait exactement où rouvrir le livre ! »

« Ma maman n'a pas besoin d'un machin comme ça », a dit François, « elle préfère corner les pages. »

« Peut-être parce que justement elle n'a pas de marque-page », a dit Mlle Liesi.

François n'en croyait pas un mot. Et puis, ils avaient déjà bien assez de bouts de carton à la maison ! Mais comme il ne voulait pas se disputer avec Mlle Liesi, il a découpé bien sagement une bande de carton et des cœurs rouges en gommettes, puis il a tressé des franges, mais il n'en pensait pas moins: «Je n'offrirai pas ce machin à maman! Il faut que je trouve une meilleure idée!»

Tout d'abord, François a pensé à un flacon de parfum, mais quand il a eu montré toute sa fortune à la vendeuse de la parfumerie, celle-ci lui a dit:

«Mon pauvre! Tu n'as même pas de quoi acheter le bouchon!»

« Qu'est-ce que je peux acheter alors ? »

« Un gros morceau de savon », a dit la vendeuse.

François a rempoché son argent. Du savon, c'était aussi bête qu'un marque-page !

Puis il s'est souvenu que maman n'aimait pas beaucoup laver sa voiture. Il a pris alors trois feuilles de papier qu'il a coupées chacune en quatre. Il est allé voir Joseph, armé de ses douze morceaux.

« S'il te plaît, peux-tu écrire sur chaque morceau : *Bon pour un lavage,* mais avec une belle écriture ? »

« Pourquoi, imbécile ? » a demandé Joseph.

«Je vais les offrir à maman pour la fête des Mères !»

«Impossible», a dit Joseph, «je lui en offre déjà vingt ! Et maman n'a pas besoin de trente-deux bons pour un lavage. Sa bagnole n'est quand même pas aussi sale !»

François aurait juré que Joseph n'avait pas fait un seul bon pour maman. Il était sûr qu'il n'y avait même pas pensé.

Il s'est dit : « Maintenant, il me vole mes idées ! »

Mais comme, de toute façon, François n'aime pas laver les voitures, il a offert volontiers son idée à Joseph. Il s'est dit : « Je trouverai mieux ! »

Le soir même, François regardait les albums de photos avec sa maman. Ils aiment bien ça tous les deux. En les feuilletant, ils sont tombés sur une photo de l'arrière-grand-mère et de l'arrière-grand-tante de François. L'arrière-grand-mère portait une longue robe blanche et un chapeau sur la tête, un énorme chapeau à larges bords, garni d'une voilette et orné de nœuds et d'une multitude de roses. L'arrière-grand-tante portait elle aussi une robe blanche et un chapeau sur la tête, encore plus gros que celui de l'arrière-grand-mère, amélioré par de longues plumes et par un ruban aussi large qu'une écharpe volant dans les courants d'air.

Maman a regardé la photo, a poussé un grand soupir et a dit : « Quels chapeaux merveilleux elles avaient en ce temps-là ! Dommage qu'on n'en fasse plus de tels ! »

François a compris ce qu'il fallait qu'il offre à sa mère…

Le lendemain, il est allé chercher dans le débarras l'immense sombrero que maman avait porté pendant toutes les vacances ; mais comme il était à présent troué et tout effiloché, elle ne l'aimait plus.

François l'a transporté en cachette dans sa chambre.

Il a passé deux jours à rassembler le matériel nécessaire à la fabrication de son chapeau de fête des Mères : des roses rouges, blanches et bleues, gagnées à un stand de tir ; des nœuds en soie qui avaient garni des boîtes de bonbons ; la bordure en dentelle d'un jupon; un reste de voilage et une écharpe de soie à carreaux. En plus de tout cela, Gaby lui a fourni un plumeau de première classe, tout hérissé de plumes de faisan, une énorme quantité de rubans à cheveux et un bouquet entier de fleurs en plastique.

François a travaillé trois soirs de suite dans sa chambre à son chapeau de fête des Mères. Il s'était enfermé à clé. Il a utilisé deux tubes de colle et deux rouleaux de scotch et s'est piqué au moins cent fois le doigt en cousant.

Mais la veille de la fête des Mères, à neuf heures précises, le chapeau était terminé. C'était un vrai chef-d'œuvre ! On ne voyait plus un centimètre carré du vieux chapeau de paille. Le rebord était décoré avec les roses du stand de tir. En dessous,

François avait cousu le voilage, les rubans à cheveux et la bordure de dentelle, et il avait piqué sur le dessus les fleurs en plastique et le plumeau. Derrière pendaient les plumes de faisan et les nœuds des boîtes de bonbons.

François est allé chercher l'album avec les photos de l'arrière-grand-mère et de l'arrière-grand-tante et a comparé son chapeau avec ceux de l'époque. Il était très fier de lui : son chapeau était bien plus beau !

Le matin de la fête des Mères, François s'est réveillé tôt. S'emparant du chapeau, il a couru dans la chambre à coucher de papa et maman qui dormaient encore.

« Bonne fête maman ! » a-t-il crié. Maman s'est retournée dans le lit en murmurant : « Merci François », et elle a remonté la couverture sur sa tête.

« Regarde un peu mon cadeau ! » a vociféré François en lui tendant le chapeau et en tirant sur la couverture.

Maman a sorti la tête, cligné des yeux, bâillé et dit : « Qu'est-ce que c'est que ce beau machin ? »

« Un chapeau, bien sûr », a dit François.

Maman a ouvert des yeux ronds comme des billes. François pensait :

« Ça a vraiment l'air de lui plaire ! »

Il a dit : « Allons, lève-toi, essaye-le ! »

Maman est descendue du lit, elle s'est assise sur le tabouret devant sa coiffeuse et François lui a mis le chapeau sur la tête.

« Comme tu es belle, avec ça ! » a-t-il dit.

Maman se regardait dans le miroir, sans dire un mot.

François pensait : « C'est la joie qui lui coupe la parole ! Elle reste muette d'admiration ! »

Mais bientôt, ce fut à son tour de perdre l'usage de la parole : papa s'était réveillé. Il était à présent assis sur le lit et riait. Il riait très fort.

Quant à Joseph, il se tenait à la porte de la chambre et il riait très fort, lui aussi.

Puis tous deux, papa et Joseph, ont montré maman du doigt en s'esclaffant : « Qu'est-ce que c'est que ce machin que tu as sur la tête ? »

Papa se tordait de rire dans le lit. Joseph se tordait de rire à la porte.

Papa se tenait les côtes et gloussait : « Je vais attraper des crampes à force de rire ! »

Joseph se tenait les côtes et gloussait : « Je vais en faire pipi dans mon pyjama ! »

Alors François a arraché le chapeau de la tête de maman. Il a couru avec dans sa chambre, l'a jeté de toutes ses forces sous son lit et s'est lui-même jeté sur le lit qui tremblait tant François pleurait fort. Il a pleuré toutes les larmes de son corps, pleuré jusqu'à en être complètement sec en dedans ; il a réussi même alors à sangloter encore un peu.

Comme il finissait par se calmer, maman est venue le voir.

« François ne te vexe pas, ton chapeau est très chouette ! C'est vrai ! Les deux autres n'y connaissent rien en chapeaux »

« Tu dis ça pour me faire plaisir », a dit François d'une petite voix aiguë.

« Mais non, pas du tout, parole d'honneur ! » a dit maman. « Ton chapeau est le plus beau chapeau du monde ! » (Maman a levé la main droite, l'index et le majeur tendu.) « Je le jure. »

« Tu le jures sur ta tête ? » a demandé François d'une petite voix.

« Je le jure sur ma tête ! »

François a vérifié qu'elle n'avait pas croisé les deux doigts, parce que sinon, le serment n'était pas valable.

Mais les doigts étaient raides comme des chandelles, comme il convient pour un vrai serment.

Alors François a été tout content, si content qu'il a passé toute la matinée à chanter. Et il a continué même à chantonner pendant le déjeuner, bien qu'il soit difficile de chanter la bouche pleine !

Après le repas, maman a dit : « Bon, et si on allait se promener maintenant ? »

Elle est allée mettre son nouveau

tailleur, papa a enfilé sa veste en cuir et Joseph son manteau de laine.

« François, dépêche-toi ! Nous t'attendons ! » a dit maman.

François est sorti de sa chambre, le chapeau de fête des Mères à la main. « N'oublie pas ton chapeau, maman. »

« Tu ne crois pas que le vent souffle trop fort pour un si beau chapeau ? Ça va l'abîmer », a dit maman.

« Rien ne peut l'abîmer », a dit François.

« Mais c'est plutôt un chapeau d'été », a dit maman.

« Le soleil brille comme en été aujourd'hui », a dit François.

« Mais c'est un chapeau pour les fêtes », a dit maman.

« La fête des Mères, c'est une fête », a dit François.

Alors maman a mis le chapeau.

« Non ! » s'est écrié papa.

« Non ! » s'est écrié Joseph.

« Si ! » a dit maman.

Papa a ôté sa veste en cuir. « J'ai mal au ventre, il vaut mieux que je reste à la maison ! »

Joseph a ôté son manteau de laine. « J'ai mal à la tête, il vaut mieux que je reste à la maison ! »

Finalement, maman et François sont allés se promener seuls. Dans la rue, tout le monde regardait le chapeau. Il y avait même des gens qui trébuchaient parce qu'ils s'étaient retournés sur maman et que, d'étonnement,

ils avaient oublié de regarder où ils mettaient les pieds.

« Ils admirent tous ton chapeau, maman », a dit François.

Maman était toute rouge de joie d'avoir tant d'admirateurs. Hélas, la promenade n'a pas duré très longtemps. Maman a ressenti brusquement une violente douleur au pied droit.

« François », a-t-elle dit, « ma chaussure est trop petite, elle me serre au talon. J'ai sûrement une énorme ampoule ! »

Alors, François et maman sont rentrés à la maison. Maman marchait très vite. François était même étonné qu'on puissse aller si vite avec une ampoule au pied.

A la maison, il a examiné soigneusement le talon droit de maman. Pas la moindre trace d'ampoule ! Mais parfois on a très mal même quand on ne voit rien du tout.

Depuis ce jour, maman n'a plus jamais porté le chapeau de fête des Mères. Elle dit qu'il faut d'abord qu'elle s'achète une robe qui aille avec. Une robe très, très, très belle. Mais les robes comme ça coûtent cher. Maman dit qu'elle devra économiser longtemps avant de pouvoir s'en acheter une. Et François se demande déjà s'il ne pourrait pas essayer de fabriquer une robe pour l'anniversaire de maman.